KB067510

느낌은 멈추지 않는다

느낌은
멈추지 않는다

안주철 신작 시집

K
POET

아시아

차례

느낌은 멈추지
않는다

POET

등이 열린 사람

어느 밤이었다

경사가 쌓인 인도를 올라가는
사람의 등을 보고 있었다

어느 밤이었다

등이 열린 사람을 보고 말았다

이 세상의 구멍이 거기에 있었고
나는 눈을 돌리지 못했다

그 등으로
어둠이 들어가고 있었다

셀 수 없었지만
어둠이 그 등을 가득 채우자
등에서 더 짙은 어둠이
쏟아지고 있었다

등이 열린 사람을 보았다

등이 열린 사람이 비탈진 길을
오르고 있었다

불을 끄고 누워서

간간이 차가 지나간다

어제도 작았지만

오늘은 조금 더 작아진 달이 빛난다

빛나는 달에게 크기는 문제가 되지 않는다

어둠이 모여서 어둠이 되려면

좀 더 많은 어둠이 쌓여야 하지만

이제 나에게 어둠은 충분하다

걸었던 길을 되짚어 돌아오면서

내가 했던 생각들 모두 나를 이루고 있는 조각들이라고

생각하면서 무릎에 힘을 주었다

어디에서 그칠지 모르는 생에 대한 두려움도
어쩌면 이 생을 견디는 기쁨이지 않을까?

잠이 오지 않는다
내가 두려워하는 것들을 모시면서 살기 때문에
어쩌면 은밀하게 그것을 즐기기 때문에

불을 끄고 누워 창밖을 바라보면
창밖 텅 빈 어둠 속으로 들어가는 사람이 보인다

그 안주머니 같은 어둠 속에
나도 있다는 생각은 포근하지만
어둠 속이 넓은지 어둠 밖이 넓은지

오늘 빛나는 달빛에 비하면

그리 중요한 것은 아니다

달빛 또한 거품이겠지만

한 가닥씩 노을이 질 때

잔잔한 물결이 한 가닥씩 노을을 물 밖으로 건져내듯이

자전거를 배우는 아이가 페달을 굴리며 돌아오지 못하는 시
간 속으로 들어가듯이

작고 아담한 어깨가 크고 단단한 어깨에 기대듯이

기대자마자 작은 어깨가 큰 어깨보다 더 크고 단단하게 부
풀듯이

꼬리를 흔들며 짖는 애완견이 주인을 끌고 사자가 되어 강
가를 달리듯이

바람 한 귀퉁이를 잘라내며 요트가 빙글 돌듯이

초저녁달이 노을 지는 물결을 바라보듯이

처음 보는 것처럼 놀래서 하얗게 내려다보듯이

눈동자를 다 흘려버린 해를 향해 사진작가들이 셔터를 누르
듯이

아파트 옥상에 걸린 붉고 단단한 해가

무거운 머리를 가누지 못하듯이

산산이 부서진 자리에 어둠이 한 포대씩 고이듯이

비공식적인 슬픔

정확하게 슬퍼하지 않으면 엉뚱하게 눈물을 흘리고 만다

비공식적인 슬픔이 필요하다

아주 작고 아직까지
과거가 되지 않은 비공식적인 슬픔이

기쁨이 될 수 있고
눈물이 되지 않는

슬픔이 될 수 있고
눈물이 되지 않는

한 번의 실수로 내가 나에게 다가간다

한 번의 실수로 마지막이 멀지 않았다는 느낌이 오면

또 다른 시작이 준비되었는지 모른다

나쁜 꿈에 더 이상 접근하지 못할 때

여기저기로 튀는 두려움을 더 이상 피할 수 없을 때

슬픔이 되지 않은 비공식적인 슬픔이 필요하다

아무것도 집어 올릴 수 없을 때까지

자신을 가장 나쁜 방법으로 보호할 수 있을 때까지

기다리지 말고

살아남은 비공식적인 슬픔이 필요하다

기적은 유감스럽고 닳지 않는 행운이 문제지만

큰 믿음과 큰 비밀이 가장 많은 도움을 주고받듯이

비공식적인 슬픔이 필요하다

슬픔이 되지 않고

눈물의 가장자리를 만들지 않는

천변산책 1

천변을 걷는다

힘이 남아서

남은 힘을 어쩌지 못해서

천변을 따라 모양을 갖추기 시작하는 분노를
외곽부터 벅벅 갈면서 걷는다

닳아서 졸음이 올 때까지
닳아서 내일 출근할 수 있을 때까지
힘이 없어서 직장 상사에게 대들지 못할 때까지

천변을 걷는다

살을 빼기 위해
힘이 남아서

남은 힘으로 몇 그램이라도 더 행복해지기 위해
몇 그램이라도 더 가볍게 이번 생을 건디기 위해

분노가 되기 전에
안타까움이 되기 전에

남은 힘을 쓰기 위해 천변을 걷는다

개를 데리고

개를 데리고 나간 자신도 힘겹게 끌면서

힘이 남아서

남은 힘을 낭비하기 위해서

거칠게

천변을 걷는다

사라진 구름

날아가는 잠자리들을 따라 눈동자를 굴리다보면
잠자리들이 내 눈동자에 알을 낳을 것 같다

잠자리들이 풀어놓은 하늘을 아무리 다급하게
쫓아다녀도 피로가 쌓이지 않는 이유는 뭘까?

눈동자에 알을 낳아 달라고 내가 부탁하는 걸까?

눈동자에 죽음 한 송이가 피어서 지지 않으면
바람에 잘게 떠는 나뭇잎 옆에서

혼들릴래
뒤집히면서 흔들릴래

자빠지면서 흔들릴래

죽어서도 흔들린다면 흔들릴 때마다

산 것과 다름없겠지

지루해?

아니

비루해?

이런 질문은 뒤집어엎어도 비루해

비가 되지 못한 구름이

잠자리 날개를 엷은 그림자로 적시며 흘러간다

흘러가다 사라지는 구름 아래 잠자리들이 날고

몇 번씩 흔들리다 사라진 것인지 알 수 없지만

잠자리들을 따라 눈동자를 아무리 굴려도

사라진 구름은 되돌아오지 않는다

완성되는 분식집

아이는 기어서 또 다른 아이에게 도착한다

노인은 죽어서 마지막 나이에 도착한다

사망진단서는 죽은 사람이 일어나서

자기 무덤을 팔 것 같은 이름이다

죽은 사람이 산 사람과 해가 지도록

무덤을 팔 것 같은 이름이다

누구의 무덤인지 모른 채

파는 데 정신이 기울어져서

꽃은 피어서 꽃에 도착하고

꽃은 지면서 꼭 한 번 꽃을 완성한다

분식집 꼬마는 손님이 없을 때까지 숙제를 미루고
분식집 꼬마는 손님이 없을 때 받아쓰기를 시작한다

분식집 꼬마는 받아쓰기를 하면서 완벽에 가까워지고
만둣국은 만두가 익어서 둥둥 뜰 때
칼국수는 추억을 떠올릴 수 있는 국물에 접근했을 때
의자는 엉덩이가 반복해서 가득 찰 때

완벽에 가까워지지만 완벽해지지 않는다

받아쓰기를 멈춘 분식집 꼬마는 완성되려고 한다

손님은 메뉴를 선택하면서 완성되고

꼬마의 엄마는 칼국수를 옮겨 담으면서 완성되고

꼬마는 새로운 꼬마에 도착하려고 한다

가장 불완전할 때

모두가 각자일 때

그 순간이 한꺼번에 겹칠 때

분식집은 꿈틀거린다

아무도 모르는 분식집을 완성하려고 한다

느낌은 멈추지 않는다

죽은 사람을 위해 눈물을 흘리는 사람은 가족이 아니더라도 가족이다 섬세하게 고기를 자르듯 의심을 완성할 필요는 없다

죽어가는 노인이 마지막으로 부른 이름이 노인을 안고 있었던 사람이 아니더라도 아무도 모른다 그 이름을 둘러싼 힘겨운 신비는

노인의 나이가 멈춘 곳에서 사방으로 나이가 자라는 소리가 들린다

죽어가는 사람의 부탁은 들어주기도 어렵고 들어주지 않기도 어렵지만

먼 산에서 총성이 울리고 총성이 가라앉을 때까지 멈추지 않는 건 우리가 이 세계에 더 머물러야 한다는 사실이다

떠날 때의 사람과 돌아온 사람이 다르듯이 같아지려고 노력할수록 더 멀어지듯이

이 세상에서 가장 먼 곳이 지금 내가 앉아 있는 자리라면 당신에게 할 말은 없다 과거를 사냥하는 일엔 지쳤고 순조롭게 진행되는 슬픔도 지겨워졌으니까

약간 걱정을 하는 건 걱정이 많이 부족한 탓일까?

살아보겠다고 떠났던 사람이 지붕에서 떨어져 돌아와 이미

죽었는데 또 죽어가고 있다

당신의 위로가 노인에게 건너갔을까?

확인되지 않은 느낌은 왜 멈추지 않을까?

걱정을 시작해볼까요

그럼 걱정을 시작해볼게요.

비가 내리고 비가 멈출 때까지 걱정을 할까요? 비가 내리기 전부터 걱정을 출발할까요? 모든 것이 차단된 곳으로 대답이 들어올 수 있으면 좋겠어요. 다행이죠. 이룰 수 없는 소원이니까. 내가 나를 도우러 갈 필요는 없으니까. 물론 내가 나에게 가는 길이 멀지 않다는 건 아니에요. 만약 먼 길을 걸어 나에게 도착할 수 있다면 그곳은 폭우가 내리고 있을 거예요. 걱정부터 하는 게 좋을 것 같아요. 멀리서 보면 폭우인데 다가가면 자꾸 멀어지는 폭우를 만난다면 또 다른 걱정이 필요할 거예요.

완벽한 안전지대는 이제 가장 무서운 곳에 있나 봐요. 일어나지 않을 수많은 걱정을 하면서 기다릴 수 있는 곳은 참으로 포근한 지역이에요. 하지만 여름 장마에 침수될 마을에 살다 보면 걱정은 안 되는데 걱정을 막을 수 없어요. 가끔 피하기도 하지만 가족이 있다면 안전할 수 없어요. 그게 가족이죠. 가족.

문을 조금 열어두었을 뿐인데 키가 큰 바람이 옆집 마당과 옆집 앞 심하게 흔들리는 가로수까지 방으로 모두 모셔올 것 같은 걱정은 대부분 그대로 이루어져요. 잘 모르는 사람들은 우리가 손쉽게 소원을 이룬 줄 알 거예요.

가만히 지붕 위에 서 있는데 아래로 천천히 내려가고 있는 느낌이 들어요. 뭐랄까. 처마 끝에서 떨어지는 물방울보다 더 빨리 떨어지는 기분이랄까. 천천히 내려간다고 했지만 그건 당신이 보는 시선에서 그렇다는 거예요. 물방울의 마지막은 말하지 않을게요. 그건 물방울의 일이니까. 내 일이 아니라고 말하기는 어렵지만

폭우로 바뀐 상황을 제대로 알 수 있는 방법은 많지 않아요. 날씨 얘기는 일이 벌어지고 있거나 벌어지고 나서 해야 재미 있으니까요. 지붕 위에서 걱정을 해본 사람은 조금 다르지만 날씨 얘기는 그래서 참으로 많은 인생을 담고 있어요. 한가한 걱정도 있으니까요.

날씨가 되고 싶지 않냐고요? 살아서 숨 쉬는 것도 힘들지만 당신의 가벼운 위로를 들으면서 흙탕물 위를 둥둥 떠다니는 밥통을 보고 있을 저는 어떨 것 같아요? 물론 밥통들이 거의 비

숫한 상표를 붙이고 있다는 걸 알게 되었을 때 몇 초 동안 웃을 수는 있었어요. 공포가 얼굴의 반을 차지하면 큰일이 벌어질 지도 몰라요. 공포가 얼굴 전체를 차지하면 더 큰일이 벌어진 것일까요? 공포가 빠져나가기 시작하는 시간일까요?

얼굴에서 얼굴로 이사를 가야 할까요? 내 얼굴에서 당신의 얼굴로 이사하는 공포들, 두려움들, 불안들. 아이를 구하지 못 한 엄마의 울음소리는 잘 모르겠어요. 분명히 들었는데 기억 이 나지 않아요. 걱정을 할 수 없었어요. 이상한 일이지만 사실 이었어요. 슬퍼한다고 해결될 일도 아니었어요.

슬퍼하는 것과 걱정하는 것이 참으로 달라요. 아이를 잃어 버리는 연습을 하는 건 죽는 것보다 더 힘든 일일 거예요. 그러 나 하지 않으면 안 되는 거죠. 어차피 우린 나라는 집이 없는 사람들이니까. 모든 걸 쉽지 잃어버릴 수 있는 사람들이니까.
무언가 하나씩 잃어버릴 때마다 마지막 기회가 한 번씩 돌아
오니까.

　사랑이라고 말하지 마세요. 강한 사람만 잃어버릴 수 있어
요. 걱정이 모두 같다고 생각하지 마세요. 우리 새로운 걱정을
시작해볼까요. 아주 쉬운 것부터

새로운 역사

누구세요?

오래된 역사를 만나면 깜짝 놀라서 묻는 말이다

꼭 내가 나한테 하는 말인 것 같기도 하고

미개한 시대가 몇 쪽까지 이어졌나요?

산책을 하면서 고개를 사십오도 이상 뒤로 꺾어

바라본 바위에 새겨진 불상은

바위 안으로 뒷걸음치고 있는 것 같아요

한참을 보고 있으면

바위가 불상을 옆으로 밀어내면서

튀어나오는 것 같기도 하고

바위에게 인사를 해야 하는지
불상에게 인사를 해야 하는지

가는 것인지 오는 것인지 몰라서
애매하게 시선을 맞추지 않고 안녕하세요

굶어 죽은 사람이 없었던 시대는
굶어 죽은 사람을 파묻지 않았던 시대는
악마가 없었던 시대는
악마 보다 더 무서운 사람이 있었던 시대는
나같이 헛소리 하는 사람이 처형 받은 사례는

외부에서 일어난 일과

내부에서 일어난 일을 구분하는 방법은

노예가 일하다 말고 산책을 하게 되면 생기는 일은

수없이 많은 질문들이 머리를 빙빙 돌 때

생각을 한 번에 멈출 수 있는 처방은

오는 것인지 가는 것인지 알 수 없는 역사 앞에서

해부

기억은 모두 돌아오지 않는다
돌아오지 못한 기억을 궁금해 하면서
나는 내가 되었다

살기 위해서였을까?

돌아온 기억이라도 함부로 줍지 않았다
물건이 아니었다 제대로 된 기억인지
확신하지 못했다

나를 열고 나가면 밖이었다
넓지만 좁았다

작은 상자들이 쌓여있었다

뒤를 돌아보면 열고 나온 내가 없었고

입술에서 피가 흘러나오면

나는 나를 잃어가는 것 같았다

아니 잃은 만큼 나를 조금씩 찾아가는 것 같았다

습관에 의지해 하루하루 살고 있을 뿐

오래 전에 죽은 사람과 같이 나는

숨을 쉬지 않았고

밥을 먹지 않았다

문제는 내가 하는 거짓말을 내가 모른다

기억이 가끔 돌아왔지만 잊었던 기억이 찾아오면

믿지 않고 돌려보냈다

돌려보내면 다시 돌아온 기억이

내 손을 잘랐다 발을 잘랐다

아무것도 선택하지 않았지만

기억이 잘라낸 살을 내려다보고 있으면

저 고기를 집어먹어도 되는지

침을 흘렸다

박물관

햇빛보다 귀한 날이 있어 모자를 썼어 추우니까

어떤 방은 밖보다 춥고

어떤 방은 밖보다 덥지만

죽음이 더 가까운 곳이 어디인지 알 수 없어서

추위를 꼼꼼하게 몸에 담아두었지

지금은 여름이 아니니까

이유는 늘 충분하지 않지만 이유를 돌이켜보면 이미 늦은

건가

마지막 인사를 어떻게 하는 거더라

죽은 사람이 별걸 다 신경 쓰면서 살 필요는 없는데

가끔 마차가 있었으면 좋겠어 말은 없어도 좋아

새떼가 발명한 하늘에 먼지가 가득해도
먼지를 새떼로 오해하지 말기를 하늘은 하늘이니까

고양이를 물어 죽인 개가 내일 팔려갈 길에는 미안하지만
특별한 것이 없어

근심이 가득한 얼굴에서 근심을 떼어낼 수 있다면
사랑이 가득한 얼굴에서 질투를 벗겨낼 수 있다면

생각을 풀어주고 싶은 사람 손을 드세요
생각을 물어뜯을 사람 손을 드세요

먼 길을 가는 사람에게 지도가 필요한 시대는 끝나고 말았지

햇빛을 가리는 벽들은 모두 박물관의 기념물 같아

물론 물건에는 이야기의 냄새가 나겠지
그렇다고 그 물건에 이야기가 모두 들어 있는 건 아니야

하나 둘 하나 둘 하루를 살 수는 없으니까
매일 하루하루가 같다고 생각해? 하루가? 그런 하루가 있다
면 완벽할 거야
가장 멋진 거짓말로 기록될 수도 있어 부끄러워할 필요는
없어
그런 건 이제 아무도 가지고 있지 않은 물건이니까

수집하는 사람과 물건은 있지만 어떤 물건에

부끄러움이 가장 많이 들어 있는지 알아내기란

참 애매한 일이지

어디로 가든 모든 곳으로 이어져 있을 거야

벽이 가로 막고 있다면 당신이 그 벽을 넘지 못할 뿐

벽은 벽과 손을 잡고 이어져 있어 막고 있다고 생각하면 계

속 벽이지만

아무도 살지 않는 집에서 인기척을 느꼈다면

당신은 당신의 움직임을 너무 사랑하는 건지도 몰라

하루를 더 버텨보는 슬픔일지도 모르고

울퉁불퉁한 불행

봄이 지나가면서 떨어뜨린 꽃잎에 관심을 디디지 않는다
모래바람 몇 차례 불었던 봄이 막연하게 끌고 온 사막도
어쩌면 내가 익히며 살아가는 세상과 조금도
다르지 않은 일상인지 모른다

나는 아무것도 잡지 못했다 그러니
아무것도 원망할 것이 없다

원망은 왠지 사랑한 사람이 사랑을 되돌려 받기 위해
쭈그리고 앉아 우는 자세 같다

천변에 앉아 하천을 둥둥 떠다니는 오리들이
만드는 물결을 보고 있으면

가장 큰 물결이 일 때 그 속으로 들어가

잔잔하게 수면의 뒷면이 되고 싶다

나올 길을 알아낼 수 없다하더라도

둥둥 떠다니는 물결을 앞에 두고 울 때

울고 있는 사람이 나라고 꼭 집어서 말할 수 없어서

뒤통수 득득 긁을 때

깔고 앉은 바닥을 내려다보면

내려다볼 바닥이 있다는 것도 위로가 된다

누구에게 위로가 되고

누구에게 걱정이 되는지 알 수 없지만

마지막 계산을 위해 준비해야 하는 무관심

그것도 섬세하지만 울퉁불퉁한 무관심이라면

이 세상에 없었던 무관심이라면

반복해서 불행하게 살다가도 되는데

새로운 불행이었으면 좋겠다는 철딱서니 없는 소원 같은 거

가장 나쁜 습관

집 나간 고양이가 돌아오지 않는다

이름을 몇 번 부르고 며칠이 지나고 해가 졌다

고양이는 집을 나가고 나는 나에게서 멀어진다

나이가 는다 게으름이 는다 슬픔이 는다

늘지 않은 것도 는다 나만 모른다

고양이의 이름을 부르는 일과 사람의 이름을 부르는 일은

같은 것 같지만 같지 않은 것 같다

그래야만 내가 인간일 것 같아서

컨테이너로 가끔 사람이 들어오기도 한다

들어왔다 금방 나가기도 하고

들어왔다 다른 사람이 되어 나가기도 하지만

고양이가 되어 나기도 하고

나가지도 않고 사라지지 않기도 한다

내 생이 어느 장면에서 멈추었는지 몰라도

영원한 정지를 믿을 수 있을까

세상에서 가장 좋은 습관은 의심하면서 괴로워하는 것이다

어디 갈 데는 있으세요? 내가 나에게 말까지 높여서 묻는 말
이다

안녕하세요? 내가 나에게 돌아오지 않을 인사를 하는 말이다

안녕하세요 그만하세요 꺼지세요 어느 말이 당신의 것입
니까?

차에서 내리는 사람도 나이고 차를 기다리는 사람도 나일 때
습관이 열리고 습관이 닫히고
습관이 열렸다 습관이 닫히고

가장 나쁜 습관이 내릴 때까지

봄밤

겨울에 작은 구멍이 뚫리고

뚫린 구멍으로

줄줄이 쏟아지는 겨울의 내장,

이게 봄일까?

이 세상에서 조금 더 살고 싶은 생각

자주 하지만

그렇다고 추억을 남기고

인간답게 살고 싶은 허튼 생각이 남아서는 아니다

그래도 나를 안아주는 봄밤은 온다

내 경험이 새겨진 살을 안아주면서

그 살에 세상을 넉넉하게 담아주고 펼쳐주면서 이 밤

한강에서 강물을 접으며 사는

리버 한을 만나러 새벽 천변을 걷는다

이 세상에서 매일매일 사라지고 싶을 때도 있었지만

인간다운 삶, 그게 뭐 이 세상에 있기는 었었나

봄밤 새벽 리버 한에게 강물을 접으며 보았던 몇 장면을

잘라내서 내 살에 옮겨달라고

인간답게 살고 싶은 마음은 없지만 그래도 조금 더

살고 싶어서

혼자 나란히 걷는다

여보세요

정신 차리세요

내가 나에게 진지하게 건네는 거짓말이다

정신 차려

살고 싶은 내가

죽고 싶어 안달하는 나에게

혀를 차면서 뒤돌아서는 모습이다

너나 잘하세요

죽은 자의 말은

산 자가 결코 듣지 못하는 노을일까

노을 물웅덩이 위를 느리게

스쳐지나가는 비행기 꽁무니

너 어디가?

한강까지 걷는 운동하면서

몰래 라면에 소주 들이켜면서 하는 소리

이게 내가 벗어날 수 없는 궤도

이제 더 이상

나이를 먹지 않아도 될 것 같은

뻔한 인생

퉁퉁 불은 라면 면발과

한강 물결이 구분되지 않을 때까지

내가 내 손을 잡고

나란히 걷는다

천변산책 2

생각이 꺼지지 않고 내려가지 않아서 걷는다

머리로 올라가는 힘을 막는 일이 나이를 먹으면 꼭 익혀야
하는 기술일까

하천에 반쯤 잠긴 오리에 부딪혀 퍼져나가는 물결을 바라보
면서
나보다 더 나이가 좌우측으로 휘어진 부부를 뒤따라가면서
하루를 더 버티게 해주는 힘인지 아닌지 의심하면서

오리에 부딪혀 퍼져나간 물결이 작게 한 장 크게 한 장 연
속해서 번져나갈 때마다 물결이 오리를 협박하는 것 같다 넘
어오지 말라고 네가 만든 물결 네가 책임지라고 이게 마지막

경고라고

아무리 오래 걸어도 생각이 꺼지지 않는다 꺼지지 않고 내려가지 않고 지나가지 않는 생각을 끊는 일이 내 일생에서 꼭 해야 할 일이라고 부풀려서 지껄여도 안 된다 잘 안 되니까 걷는다

갈대숲으로 들어간 오리는 나오지 않고 천변을 울리며 나도 나이에 힘을 걸어놓고 걸어가는 부부도 오직 살을 빼야 하는 임무라도 받은 듯한 청년도 각자 만들어낸 물결이 어디에서 겹쳐 꽃 한 송이가 되는지 모르고 걷는다

노을 거품 속을 걸어서

노을 거품이 다가오는 저녁 하늘에 길게 누워있다
해가 지고 어둠이 찾아오는 길목에 노을 거품이 끓는다
저 거품 다 사라지고 나면 밤이 되고
캄캄한 어둠이 더 캄캄해지기 위해 눈을 감듯이

저 거품 다 사라지고 나서도 남는 것은 무엇일까?

다 사라지고 나서도 남는 것, 그게
내 일생을 좀 먹고 있는 벌레들이라고 한다면

그렇다 하더라도 그 벌레들 살아서
다 잡을 수나 있을까?

내가 왜 살고 있는지 모르면서 누군가에게

건넨 위로에는 도대체 삶에 대한 약간의 미안함이나

죄스러움이 섞여 있기는 했을까?

위로의 축에도 끼지 못할 테지만 그래도 해야 한다고

생각하면서 건넨 위로,

내 일이나 잘하자 끊임없이 명령을 내려도 그게 잘 안 되는

삶을 살아가고 있다고 생각하면

늘 내가 바라보지 않고 남은 것들이 나를 괴롭힌다는 생각,

자주 하게 된다 혹 내가 바라보았지만 끝까지

인정하지 않으려 했던 것들이 나를 살게 하는 힘이라면

내가 기억하지 못하는 일들이

결국 나를 살게 하고 이 세상에 안아주는 것이라면

확인할 수 없어서 섭섭하고

확인했다고 착각하더라도 달라질 것도 없는 인생이지만

흥미로운 슬픔

노크를 했다. 캄캄하고 흥미로운 밤. 큰 교훈을 남기고 떠난 사내. 죽음에서 교훈이 흘러나오다니? 마무리는 한꺼번에 산책을 하면서. 믿을 수 없지만 나는 나에게 어울리지 않는 시간이다. 당신은 방금 나에게 왔다 사라졌다. 무섭습니까? 그렇게 사랑은 시작되었다. 음악도 없이, 술도 없이, 미련도, 덜어낼 후회도 없이

순간 대사를 놓친 배우가 되었다고 해서 인생에 추가해야 할 과거가 생긴 것은 아니다. 지하철 정거장에서 한 사내가 기타를 연주한다. 아니다. 사내는 자신을 연주하는 데 모든 힘을 쏟고 있다. 실수가 반복되었다. 여름밤마다 내가 몰랐던 내가 점점 더 많아진다. 내가 진심을 말했을까?

좋은 생각은 늘 쉽게 떠오르지 않는다. 축복할 만한 소식은 도착하지 않았다. 재앙에 가까운 불안만으로 충분하지 않은 상황이었다. 한 번으로 충분하고 흠잡을 데 없는 일생이었다.

바다가 보인다. 북구의 항구에서 오래도록 우리가 경험하고 기억한 일들이 우리의 고향이 될 것이다. 도착할 수 없고, 밟아볼 수 없는 마지막 교훈. 내 인생에서 결정적인 순간이 오래 전에 지나갔다고 해도 그걸 내가 알지 못했다 하더라도 내가 속인 나는 아직 내 안에 있다. 내가 죽어서도 숨을 쉴 내가 있다.

알 수 없지만

뒤집어진 트럭 옆에 엷은 어둠이 흘러가고
하늘에서 내려오는 어둠과 더디게 쌓이기 시작하는 어둠이
어둠을 아름답게 한다

내리고 쌓였던 눈이 조금씩 녹으면서
바닥에서 어둠이 하늘로 올라가면서

올라가면서 어둠은
내려오면서 어둠은
흘러가면서 어둠은

캄캄하게 아름다워진다
세상이 잠시 입을 닫듯이

텅 빈 부두는 살아남을까

일층에는 일층의 어둠이 있고
이층에는 이층의 어둠이 있다

새벽이 되어 일층도 이층도 불을 다 *끄고* 나면
일층의 어둠도 이층의 어둠도 벽을 뚫고 손을 잡는다
더욱 캄캄해지기 위해서

일층에는 과일가게 주인이
이층에는 회사원이
옥상에는 직장을 구하는 청년이 살고

달빛이 밀어낸 어둠과 어둠이 부서지면서

창문으로 스며들지만

같은 어둠이라 부르기도 어렵고

다른 어둠이라 부르기도 어렵다

어떤 슬픔이 어둠이 되는지 알 수 없지만

저 불빛 속에도 어둠이 있지만

봄의 사원

양말을 벗고 감나무 아래에서 노을에 부딪히며 날아가는 새를 본다

한 마리 새의 날개가 노을일 때가 있다 서서히 입을 다무는 어둠 속으로 날아가는

맨발로 절터의 잔해를 밟으며 내가 걸어간 곳, 걸어갔다가 되돌아온 곳,

거기가 내 고향이었는지 모른다 죽어서도 걸어야 할 길인지도 모르고

내가 디딘 바닥은 점점 작아지고 있다 집으로 돌아가는 길일까? 세상에서 부딪히고 부서지고 펼쳐지면서 갈 수 있는 곳을 찾고 있는지 모른다 그곳이 어디인지 궁금해 하지 않고 불

안을 낭비하지 않으면서

　범죄자가 되려면 더 많은 감정이 필요하다 착하냐 나쁘냐는
한 사람이 감당할 수 있는 일이 아니다 당신은 아름답고 나쁜
사람이거나 당신은 나쁘지만 때때로 착해서 좋다

　가장 행복했던 순간이 가장 기억하고 싶지 않은 기억이 되
었다 해도 모든 순간은 아름다운 기회였다 그러나 이제 모든
기회에서 벗어날 시간이 가까워지고 있다

　오래된 사원은 없는지 모른다 어디론가 떠나기 위해 조금씩
부서지고 있을 뿐인지 모른다

조금 다른 걸음걸이로

이걸로 충분합니다

예외가 없는 슬픔

쌓인 눈은 미끄럽습니다

녹아도 사라지지 않는 눈이 있습니다

녹아도 쌓인 눈보다 더 높이 쌓이는 눈이 있습니다

이상한 인생이 더 이상 대수롭지 않은 꼼꼼하게 쌓아올린 일상이 되기도 합니다

진지한 표정에서 흘러나오는 예의는 만지면 끈적끈적할 것 같습니다

약속시간 내에 도착하지 못했다 화를 내는 사람은 지는 사람입니다

친절하게 입을 다물고 웃다보면 시간은 그리 중요한 게 아닙니다

중요하게 짚고 넘어가야 할 밤낮도 아니고 한 번 망가진 인생이 반복된다 해도 같은 것은 없습니다

까다로운 확신은 어디에서 오는지, 결정은 왜 계속해서 뒤로 미루어지는지 알 수 없습니다

서두를 필요가 없기 때문일까요?

가끔 제 속에서 하나의 목소리가 올라옵니다 무너지면서 올라오는 소리이기 때문에 무슨 말인지 알 수 없습니다

　걱정을 끌어당기면 걱정 안으로 들어가는 걸까요? 걱정 밖으로 빠져나가게 되는 걸까요?

　말라붙으면 지울 수 없고 지워도 남는 게 걱정인가요?

　이 집은 엉성하게 설계되었습니다 그래도 집안에는 사람이 살 수 있고 사람이 죽을 수 있습니다

　살아있는 한 완벽한 실패는 불가능한 것인지 모릅니다 이것도 행운의 종류일까요?

벽난로를 보면 인사하고 싶습니다 깔끔하고 매력적인 비극입니다 곤란한 행복이 느껴집니다

사는 일에 어려움이 많은 건 문제가 되지 않습니다

이길 수 없는 싸움이 늘 중요합니다 그렇다고 지기 위해 싸워서야 되겠습니까

내가 나를 바라보는 것이 어려워서 당신을 바라봅니다 이걸로 충분합니다

어느 저녁의 눈

내가 나에게 도착할 수 있을까

살아서

닿기만 하면

생을 다시 살 수 있을 것 같은데

가까워도 도달하지 못하는

내가 나에게 가기 위해서

만나야 하는 사람들

몇 명쯤 만나야 할까

이미 넘쳐버리거나 흘러간 나는

어쩔 수 없다 하더라도

눈이 내리네

많이는 아니고

조금

쌓이지 않고 녹지 않는

눈이 내리네

순서

당신이 떠나고 눈물이 늘었다

당신이 떠나고 눈물 속에서 허우적거리며 살았다

그리고 이제

나라고 할 만한 것은 거의 남아있지 않다

당신이 떠나자

나는 당신이 되어가고 있다

세상 안에서 세상 밖으로 나가려는 모든 몸부림,

사랑 아닐까?

더 꼭 안기기 위해서 애쓴 흔적,

그게 고통일지라도

당신이 떠나고 눈물이 많이 늘었다

강가에 나가 물결을 하나하나 세다보면

밤이 되지만

이제 눈물이 나를 앞질러 이번 생을 살아간다

그러니 나는 몇 번째 사내인지 궁금한 것이다

몇 번째 텅 빈 사내인지 궁금한 것이다

이른 봄

봄이 아직 덜 왔다 택배도 아닌데
남은 봄을 떠올릴 겨를이 없는 생활 속으로
봄이 덜 왔다

숟가락 들고 숟가락을 찾다가
멍하니 그릇에 수북하게 담긴 밥을 볼 때
손에 들린 숟가락의 무게가 팔목에 전달된다

이제 생각에 속으면서 사는 게 익숙해진 것일까

이끼같이 생각하고 푸르른 이끼 갈기처럼
흔들리면서 사는 생에 필요한 한계

아직 남아 있다면 꾸어다 쓰고 싶다

조팝나무와 이팝나무는 전혀 닮지 않았지만
이제 두 나무를 구별하기 위해
사람을 만나거나 책을 뒤적여야 하지만
그래도 이 생에서 내가 반복해서 잊어버리고
반복해서 되찾을 이름이 있어서 행복하다

아무도 모른다 이 말을 이제 쓰지 않는다
내가 소유했다고 생각했던 슬픔,
내 것도 아니었고 그렇다고
누군가 남겨준 유산도 아니었다

내 것이라고 끝까지 주장하면

이번 생에서 마지막까지 누릴 여유와 착각인지 모르지만

눈이 내린다

거기에 기대 같이 녹아서 얼어붙고 싶다

시인노트

산책을 좋아합니다. 아주 느리게 강변을 따라 걷는 것을 특히 좋아합니다. 강물보다 느리게 걸으면서 저를 앞질러 가는 사람들을 바라봅니다. 산책을 하는 시간이 일정하기 때문에 매일 보는 사람도 있습니다. 비슷한 시간, 비슷한 장소에서 서로를 만난다고 해도 인사를 나누지는 않지만 오늘도 안심입니다. 안부를 물은 것은 아니지만 어제 만났던 사람과 오늘도 함께 걷고 있는 이 산책은 끊임없이 이어지길 바랍니다.

걱정을 내려놓을 방법은 없습니다. 그래서 함께 걱정하는 일을 해야겠다는 생각을 자주 합니다. 작은 걱정도 큰 걱정도 사는 데 꼭 필요합니다. 살아있다면 꼭 해야 하는 것 중 하나입니다. 문제는 이러한 크고 작은 걱정들을 어떻게 나눌 수 있을까 하는 고민입니다. 처음에는 서로에게 다가가지 않아도 괜찮습니다. 목소리를 나누지 않아도 악수를 나누지 않아도 서로를 걱정할 수 있는 방법은 많습니다.

　같은 시간, 같은 장소는 이 세상에 없습니다. 한번 지나가면 모든 게 새로워서 걱정도 새로워져야 합니다. 어제의 걱정을 오늘이나 내일 꼭 풀어야 하는 것은 아닙니다. 때로는 누군가와 함께 걱정을 나누는 일이 걱정을 해결하는 일보다 더 중요할 테니까요. 걷다가 누군가와 잠시 부딪히고 서로 인사를 나누었습니다. 서로 고개만 끄덕인 것 이외에, 서로 눈인사만 주고받은 것 이외에 아무것도 하지 않았지만 서로의 걱정을 주고받은 느낌입니다.

　시는 일상 속에서 일상과 함께 머무르면서 걱정을 키워가는 일인지 모릅니다. 처음에는 나의 걱정이 세상의 그 무엇보다 중요하지만 타인의 걱정이 나의 것처럼 느껴지는 순간이 오면 작은 걱정은 윤리의 옷으로 갈아입게 됩니다. 그렇지만 거

창하지 않게 일상을 살아가듯이 어제 그랬던 것과 마찬가지로

오늘도 그렇게 걱정을 나누는 일을 오래오래 하고 싶습니다.

시인
에세이

POET

기억

기억으로부터 달아날 방법은 없다. 좋은 기억을 오래 간직할 수 있는 사람은 행복한 사람이다. 그러나 나쁜 기억을 오래 간직할 수 있는 사람도 행복한 사람이다. 살아있기 때문이다. 종교를 떠올리지 않아도 인간은 고통 속에서 살아가야 한다. 또 순간순간 극복해야 하는 일들이 수를 헤아릴 수 없을 만큼 많다. 물론 수많은 실패의 기록이 지금의 내 모습이며, 앞으로도 더 많은 실패와 함께 공존하면서 살아가야 한다. 작은 성공들이 삶을 살아가게끔 한다고 생각하는 사람도 많지만 성공과 실패를 넘어서는 '살아있음'이 이 생을 살아가게 하는지 모른다.

나는 나의 슬픔을 잘 기억하지 못한다. 슬퍼하고 뒤돌아서면 아무것도 아닌 경우가 많기 때문이다. 그러나 나는 당신의 슬픔을 잘 기억한다. 당신이 당신의 슬픔을 알아달라고, 혹은 기억해달라고, 위로해달라고 말하지 않았는데도 당신의 슬픔은 뚜렷하고 잘 지워지지 않는다. 내가 나를 잘 잊어버리는 것은 내 안이 텅 비어 있기 때문인지 모른다. 그러나 당신을 잘 잊어버리지 못하는 것은 텅 비어 있는 내 안을 채우면서 점점 더 뚜렷해지기 때문이다. 나의 슬픔 또한 소중하지만 당신의 슬픔을 알게 되면 나의 슬픔은 없었던 것처럼 사라지기 시작한다.

비가 내리고 있다. 처마 밑으로 비를 피해 고양이 한 마리가 걸어온다. 걸어오다 뒤를 돌아보면서 운다. 잠시 후 아기 고양이 두 마리가 처마 밑으로 들어오고 사방을 경계하면서 엄마 고양이의 품에 안긴다. 비를 피하는 방법은 여러 가지이지만 혼자 비를 피하는 방법과 여럿이서 비를 피하는 방법은 많이 다른 듯하다. 여럿이 비를 피하기 위해서 필요한 것은 사랑이다. 작아서 눈에 보이지 않고, 작아서 누군가 사랑을 시작했는데도 그 낌새를 알아차릴 수 없다. 그게 사랑이다. 대부분 그렇게 사랑이 지나간다. 그러니 그 사랑을 알아차릴 때까지 기다린다.

어느 날 우리 집에 온 고양이 세 마리가 낮잠을 즐기고 있다. 아기 고양이 두 마리는 하루가 다르게 자라고 있고, 나의 어머니는 그런 고양이들에게 매일 밥을 준다. 처음에는 며칠에 한 번씩 오던 고양이는 이제 우리 집의 주인이 되어가고 있다. 물론 그 주인은 세 마리의 고양이이다. 두 마리의 아기 고양이와 한 마리의 엄마 고양이. 먹이만 먹을 뿐 인간에게 관심이 없는 듯하다. 어머니는 그렇게 늙어가고 있다. 마당에는 고양이 세 마리가 낮잠을 자고 있고, 소파에는 어머니가 낮잠을 자고 있다. 때로는 '잠의 처마'가 얼마나 견고하게 우리를 지켜주는지 생각할 때가 있다. 어쨌든 우리 집은 고양이 세 마리가 접수를 하고, 어머니와 나는 고양이의 집사가 되었다.

코로나로 세상이 시끄러워졌다. 우리의 일상에 금이 갔기 때문이다. 사람을 만나는 일이 소중해지고 있다. 특별한 만남이 아니더라도 영화관을 가고, 마켓을 가고, 여행을 떠나는 일이 매우 소중해졌다. 그동안 한 번도 귀하게 생각해보지 못한 일들이 얼마나 가치 있는 일인지 알게 된 것 같다. 물론 코로나로 인해 바뀐 일상 또한 소중하다. 개인의 공간에 오래 머무는 시간, 비대면으로 진행하는 수업, 거리를 두고 차를 마시는 사람들 등등. 아주 오랜 시간은 아니어도 코로나로 인한 일상 또한 코로나 이전의 일상과 더불어 소중한 경험으로 남을 것이다.

창고에 넣어두었던 책들이 물에 잠겼다. 창고의 지붕이 바람에 찢겨지면서 비가 쏟아졌다. 비에 젖은 책을 한 권 얻었다. 단 한 장도 넘길 수 없는 책인지도 모르고, 단 한 장만 있는 책인지도 모른다. 기억에 오래 남을 한 권의 책이 생겼다. 읽을 수 없는 책이 한 권 생겼다.

오후였다. 안개는 끼지 않았지만 안개가 낀 것 같은 느낌이 드는 어느 여름이었다. 세 살짜리 딸이 멀리에서 걸어오고 있었다. 그 뒤를 아내가 뒤따르고 있었다. 토요일 늦은 오후였다. 공장에서 일을 마치고 몇 달 만에 딸과 아내를 만나는 날이었다. 멀리에서 딸이 걸어오고 있었다. 딸을 안아주려 들어올렸는데 딸이 나를 안아주었다. 눈물이 흘렀다. 이유를 몰랐다. 아무래도 살아서는 알 수 없는 일인 것 같았다. 15년이 지난 일이다. 가끔 나는 15년 전으로 돌아간다. 돌아가서 왜 울었는지 물어본다. 그러나 15년 전의 나는 말이 없다.

새벽 5시가 되면 첫 기차가 집 근처를 지나간다. 철로와 가까운 우리 집은 흔들린다. 벽이 흔들리고 바닥이 흔들린다. 가끔 잠에서 깨기도 한다. 가끔 놀라기도 한다. 기차가 나를 흔들었기 때문에 놀라서 깨고 두려움에 휩싸였을까? 기차는 새벽 5시에만 지나가지 않는다. 다른 시간에도 1시간에 한 번 정도 지나간다. 새벽 5시 기차는 두려움의 대상이 되었다. 깨어있어도 놀라고 잠을 자고 있어도 놀라서 깬다. 새벽 5시 기차는 두려움이다. 잠시 후면 새벽 5시가 된다. 그러나 꼭 정해진 것이 아니어서 아무 때나 새벽 5시가 되기도 한다.

기억으로부터 달아나려고 무척 많은 힘을 낭비했다. 나쁜 기억을 떠올리고 싶지 않았기 때문에 여행을 가는 것을 좋아했다. 새로운 것을 만나면 긴장이 필요했다. 긴장을 하게 되면 그 순간에 많은 집중력이 요구되었다. 오래 전 있었던 일들을 잊을 수 있었다. 잊는다고 사라지는 것이 아니라는 것을 모른 채 자주 여행을 떠났다. 여행에서 돌아오면 다시 나쁜 기억이 떠올랐다. 또 떠나고 또 떠나고 또 떠나는 동안 나는 많은 것들을 놓치고 있었다. 나쁜 기억을 받아들이면서 세상을 살아야 하는데 좋은 것만 갖고 싶어했다. 어리석었다.

해설

기찻길 옆에 사는 시인에게

김도연(소설가)

한밤중에 너의 외딴 시골집을 찾아갔던 것 같다. 한밤중이어서 집에선 희미한 불빛이 새어나왔고 우리는 집 입구에 서서 몇 마디 대화를 나눴다. 나는 너에게 집 바로 옆 성곽처럼 자리하고 있는 기찻길에 대해 물었던 것 같다. 기차 지나가는 소리가 시끄럽지 않냐고. 너는 특유의 느린 말투로 긍정도 부정도 아닌 대답을 했던 듯하다. 고속열차와 일반열차, 화물열차의 소리가 다르다고 너는 얘기했던가……. 그날 밤 네가 살고 있는 집까지는 들어가지 않고 우리는 되돌아왔다. 돌아오면서 나는 줄곧 기찻길 옆 작은 방에 엎드려 덩치와 잘 어울리게 아주 천천히 시를 궁굴리는 너의 모습을 떠올렸다. 가끔 기

차소리에 깜짝깜짝 놀라는 시인을. 경단을 만들고 굴리는 쇠
똥구리를 떠올린 것은 절대 아니다.

너를 처음 본 것은 인도철학을 공부한 심 교수의 집에서였
다. 데뷔를 한 지 오래되었지만 너는 아직 시집을 내지 않은 처
지였다. 그렇게 시작해서 우리는 원주의 이 술집, 저 술집에서
만나 술잔을 비웠다. 술 얘기가 나와서 하는 말인데 나는 너의
바보 같은 지고지순의 술버릇이 그리 마음에 들지는 않았다.
어느 날은 강릉의 술집에서 도중에 쫓아버리기까지 했으니.
그러나 너는 달랐다. 어느 날 서울의 장례식장에서 대취해 탁
구공처럼 굴러다니는 나를 원주까지 무사히 데려왔으니 말이
다. 할 말이 없다. 하여튼 그러는 동안에도 너는 기찻길 옆 작
은 집에 엎드려서 첫 시집과 두 번째 시집까지 펴냈다. 고맙다
는 말을 새삼 네게 하고 싶은 밤이다.

이러한 인연으로 너의 세 번째 시집의 발문을 쓰게 되었는
데 사실 난감하기 그지없다. 소설가인 내가 시를 알면 얼마나
알겠는가 말이다. 그저 한 시절 시를 좋아했던 것뿐인데. 그래
서 택한 방법은 그저 너의 시를 한 편 한 편 읽어가기로 했다.
읽다가 내 마음을 치는 곳에선 잠시 주저앉아 뭉게구름 떠가
는 하늘을 바라보기로 했다.

숟가락 들고 숟가락을 찾다가 / 멍하니 그릇에 수북하게 담긴 밥을 볼 때 / 손에 들린 숟가락의 무게가 팔목에 전달된다 // 조팝나무와 이팝나무는 전혀 닮지 않았지만 / 이제 두 나무를 구별하기 위해 / 사람을 만나거나 책을 뒤적여야 하지만 / 그래도 이 생에서 내가 반복해서 잊어버리고 / 반복해서 되찾을 이름이 있어서 행복하다 「이른 봄」

　이제 눈물이 나를 앞질러 이번 생을 살아간다 / 그러니 나는 몇 번째 사내인지 궁금한 것이다 // 몇 번째 텅 빈 사내인지 궁금한 것이다 「순서」

　이 집은 엉성하게 설계되었습니다 그래도 집안에는 사람이 살 수 있고 사람이 죽을 수 있습니다 // 살아있는 한 완벽한 실패는 불가능한 것인지 모릅니다 이것도 행운의 종류일까요? 「이걸로 충분합니다」

　너무 비슷해서 잊어버린 이름들. 너무 익숙해서 잃어버린 것만 같은 수저를 찾는 텅 빈, 엉성한 사내의 얼굴을 그려본다. 그래 네 말처럼 우리는 우리의 몇 번째 사내일까. 우리를 앞질러간 눈물은 어떤 생을 살고 있을까. 나는 실패한 생이라고 고개를 숙이는데 너는 행운이라고 고개를 끄덕거리는구나.

가장 행복했던 순간이 가장 기억하고 싶지 않은 기억이 되었다 해도 모든 순간은 아름다운 기회였다 그러나 이제 모든 기회에서 벗어날 시간이 가까워지고 있다「봄의 사원」

일층에는 일층의 어둠이 있고 / 이층에는 이층의 어둠이 있다 / 같은 어둠이라 부르기도 어렵고 / 다른 어둠이라 부르기도 어렵다「알 수 없지만」

순간 대사를 놓친 배우가 되었다고 해서 인생에 추가해야 할 과거가 생긴 것은 아니다. 지하철 정거장에서 한 사내가 기타를 연주한다. 아니다. 사내는 자신을 연주하는 데 모든 힘을 쏟고 있다. 실수가 반복되었다. 여름밤마다 내가 몰랐던 내가 점점 더 많아진다. 내가 진심을 말했을까?「흥미로운 슬픔」

내가 왜 살고 있는지 모르면서 누군가에게 / 건넨 위로에는 도대체 삶에 대한 약간의 미안함이나 / 죄스러움이 섞여 있기는 했을까?「노을 거품 속을 걸어서」

주철아, 그러고 보니 우리는 두 번 같은 기차를 탔구나. 한 번은 네가, 그리고 또 한 번은 내가 취했었지. 서울에서 원주로 가는 밤기차였고 또 한 번은 원주에서 강릉으로 가는 낮 기차였다. 너는 내가 흘린 탁구공을 찾아 다른 사람들이 앉은 좌석 밑을 기웃거렸는데 나는 계속해서 아주 작고 가벼운 탁구공을 흘렸다고. 미안하고 고맙다. 강릉 가는 기차에선 나는 네가 그렇게 취한 줄도 몰랐으니 어찌 네 슬픔을 위로할 수 있었겠니. 미안하다. 그때 우리는 과연 누구였을까. 그 어둠과 밝음은 몇 층의 누구를 비추는 빛이었을까. 나는 그때 너에게 무슨 말을 했던 것일까.

아무리 오래 걸어도 생각이 꺼지지 않는다 꺼지지 않고 내려가지 않고 지나가지 않는 생각을 끊는 일이 내 일생에서 꼭 해야 할 일이라고 부풀려서 지껄여도 안 된다 잘 안 되니까 걷는다 「천변산책 2」

그래도 나를 안아주는 봄밤은 온다 「봄밤」

세상에서 가장 좋은 습관은 의심하면서 괴로워하는 것이다 「가장 나쁜 습관」

원망은 왠지 사랑한 사람이 사랑을 되돌려 받기 위해 / 쭈그리고 앉아 우는 자세 같다 「울퉁불퉁한 불행」

아무도 살지 않는 집에서 인기척을 느꼈다면 / 당신은 당신의 움직임을 너무 사랑하는 건지도 몰라 / 하루를 더 버텨

보는 슬픔일지도 모르고「박물관」

그동안 무슨 일이 있었니, 주철아. 한동안 네 모습이 보이지 않았지만 나는 그저 기찻길 옆 너의 방에서 잘 있겠거니 여겼다. 미안한 고백이지만 나는 너에 대해 알고 있는 게 거의 없다는 걸 비로소 시인해야겠다. 너의 슬픔에 대해 아는 것도 없으면서 어설픈 충고를 남발한 것만 같아 마음이 편하지만은 않다. 코로나의 세상이라 술집에 가지 못한다 하더라도 소주 한 병 들고 저 단강(丹江)의 강둑에 쭈그려 앉아 노을을 보며 취할 수는 있었는데 말이지. 그래도 너를 안아주었던 봄밤이 있었기에 다행이다.

기억이 가끔 돌아왔지만 잊었던 기억이 찾아오면 / 믿지 않고 돌려보냈다「해부」

가는 것인지 오는 것인지 몰라서 / 애매하게 시선을 맞추지 않고 안녕하세요「새로운 역사」

문을 조금 열어두었을 뿐인데 키가 큰 바람이 옆집 마당과 옆집 앞 심하게 흔들리는 가로수까지 방으로 모두 모셔올 것 같은 걱정은 대부분 그대로 이루어져요. 잘 모르는 사람들은 우리가 손쉽게 소원을 이룬 줄 알 거예요.「걱정을 시작해볼까요」

확인되지 않은 느낌은 왜 멈추지 않을까?「느낌은 멈추지 않는다」

분식집 꼬마는 받아쓰기를 하면서 완벽에 가까워지고 / 만둣국은 만두가 익어서 둥둥 뜰 때 / 칼국수는 추억을 떠올릴 수 있는 국물에 접근했을 때 / 의자는 엉덩이가 반복해서 가득 찰 때 // 완벽에 가까워지지만 완벽해지지 않는다「완성되는 분식집」

아 참 주철아. 네가 원주의 어느 도서관에서 시를 이야기하던 시절이 있었잖아. 그때 너는 꼭 재미없는 술자리엔 심 교수와 나를 부르고 무척 재미있는 술자리엔 우리를 부르지 않더라. 그거야 물론 오직 너의 선택이었겠지만 심 교수와 나는 그날의 사진을 보며 많이 섭섭했다. 심 교수는 아예 '주철이 그 XX가 우릴 따돌리고 저만 즐겁게 논다'며 목소리를 높였단다. 주철아, 우리 모두가 완벽해질 수는 없겠지만 네 시에서처럼 거기에 가까워져야하지 않겠니? 사실 심 교수와 나도 알고 보면 외로운 사람들이다.

남은 힘을 쓰기 위해 천변을 걷는다 // 개를 데리고 / 개를
데리고 나간 자신도 힘겹게 끌면서「천변산책 1」

슬픔이 되지 않고 / 눈물의 가장자리를 만들지 않는「비공
식적인 슬픔」

잠이 오지 않는다 / 내가 두려워하는 것들을 모시면서 살
기 때문에 / 어쩌면 은밀하게 그것을 즐기기 때문에「불을 끄
고 누워서」

그 등으로 / 어둠이 들어가고 있었다「등이 열린 사람」

앞에서 말했지만 주철아, 나는 시를 잘 모르는 사람이다. 너
의 시들을 읽으면서 너의 생각들을 그저 조금 엿볼 능력밖에
되지 않는다. 네가 쓴 시들의 제목을 몇 번씩 들여다보면서 고
개를 갸웃거리거나 끄덕거리는 게 전부다.

너는 이웃과 걱정을 나누고 너의 슬픔보다 이웃의 슬픔을
잘 기억하고 싶다고 나직하게 중얼거렸는데 그 글을 읽을 땐
마음이 짠하더라. 또 기억으로부터 달아나려고 무척 많은 힘
을 낭비한 게 어리석었다고 토로했다. 나쁜 기억을 받아들이
면서 세상을 살아야 하는데 좋은 것만 갖고 싶어 했다고 고백
했다. 그래, 그게 인간의 도리임이 분명한데 우리는 자신의 걱

정과 슬픔에만 몰두하는 괴물이 돼버린 것만 같아 부끄럽기 그지없다.

시 잘 읽었다. 기찻길 옆 너의 작은 방에 셋이서 둘러앉아 기차 지나가는 소리를 들으며 술 한잔 마시고 싶은 밤이다.

안주철에
대해

POET

안주철의 시를 읽을 때면 우리는 저녁을 생각하게 된다. 해가 저무는 시간, 사물들은 노을빛을 받아 제 그림자를 길게 뻗는다. 품고 있던 어둠을 바깥으로 풀어내는 시간이다. 떠오른 해가 시간이 흐르면 서산으로 넘어가는 것처럼, 세상에 나온 모든 것은 자기만의 저녁과 만나게 될 것이다. 살아가는 일은 또한 사라져가는 것이기도 하다. 그렇게 사라져가면서 또한 존재하는 것들은 살아온 만큼의 어둠을, 밝힐 수 없는 비밀들을 제 안에 쌓는다.

김태선, 「꽃의 탐구」(『불안할 때만 나는 살아 있다』해설),
문학동네, 2020.

K-포엣
느낌은 멈추지 않는다

2020년 9월 30일 초판 1쇄 발행

지은이 안주철 | 펴낸이 김재범
편집 최지애 정경미 | 관리 홍희표 박수연 | 디자인 다랑어스토리
인쇄·제책 굿에그커뮤니케이션 | 종이 한솔PNS
펴낸곳 (주)아시아 | 출판등록 2006년 1월 27일 제406-2006-000004호
주소 경기도 파주시 회동길 445(서울 사무소: 서울특별시 동작구 서달로 161-1 3층)
전화 02.821.5055 | 팩스 02.821.5057 | 홈페이지 www.bookasia.org
ISBN 979-11-5662-317-5 (set) | 979-11-5662-506-3 (04810)
값은 뒤표지에 있습니다.

K-픽션 한국 젊은 소설

최근에 발표된 단편소설 중 가장 우수하고 흥미로운 작품을 엄선하여 출간하는 〈K-픽션〉은 한국문학의 생생한 현장을 국내외 독자들과 실시간으로 공유하고자 기획되었습니다. 원작의 재미와 품격을 최대한 살린 〈K-픽션〉 시리즈는 매 계절마다 새로운 작품을 선보입니다.